玄葉和歌集

湯浅洋一
YUASA Yoichi

文芸社

サイン波とコサイン波との重力波あの時大和磯城《しき》を襲えり
（巻向遺跡にて）

朝日照り夕陽輝く宵なりきあの深淵にすべて始まる

感度計右に左に振れる夜は何かが起きる星月夜かな

楽しきか日本民族♀《め》の組と日本民族♂《お》の組とでは
（紅白歌合戦）

知性には感性よりは体性が均衡保つ秘策なるかな

二巡目のらせん道路は生産の新ステージに踏み入るるかな

超心理普通の科学以上なり超科学とは科学にあらず
（超科学と科学）

昔からことわざに言う習いあり郷に入っては郷に従え

星の界《よ》の宇宙全権行使するその把握者の宇宙皇帝

楽聖の第九を芯にした曲の新感覚のバレエ音楽

春霞赤穂の浜に垂れ込めて名残りを惜しむ二者の魂魄
（主君と奥方）

文学のノーベル賞はやはりあの村上春樹今年も無理か

国体について、三首

日本国国家体制二本立て中央政治・地方政治と

政体が二つ両立するならば武士の国体全く要らず
（受領層）

二政体一国体で民主主義がちりと枠が締まりはせぬか？
（後見職の天皇制と議院内閣制）

あをによし奈良の都に咲く花はしなだれかかる若桜花

春の空光のどけき野の原に花の日影を映したるらむ

高校の「古文を増《ふ》やせ！」生徒らの要求容《い》れてしこりが消える

田園に遂に着きたり究極の裸の原の大自然かな

改憲は我が共和党新案を協議の的にと女性党待つ

共和党文教施策根本に日本精神原理置くべし

共和党宣言

和の国で
共和政体　民主主義
君主政体　民主主義
共に生かせる　道もあり
社会民権　運動も
民主主義的　方法で
軟着陸も　可能なり
民主主義的　方法で
軟着陸も　可能なり
さすれば日本　民主主義
無傷で福祉

社会に着けよう

（長歌）

共和主義集合すれば分治主義分治集合大名原理

徳川の秘密はここに分治主義参勤交代集合のこと

分治主義《ぶんちしゅぎ》47個集まれば中央公権派遣制も可

男女間ジェンダー政策共和主義これも同じく分治集合

女性にも女性固有の悩みあり女性の自治は女性自治なり

我が党も女性党とは協調の統一会派組み立てるべし

「必要は　発明の母」ことわざに語るべくして語りていたり

サルの星上には上にサルがいる天狗の鼻もへし折られそう

安来節どじょうすくいの土地もあり帝国国土地理院の地図

金星が地上近くに輝けり宵の明星明けの明星

真夜中にふと気が付けば映像とテレビに響くヒーリングな音《ね》

フランスと日本原理重ならず原理の底の二枚の面が

原理主義二枚の面の重なりが極致越えれば友好国へ

生き物の蛇には蛇の蛇心八岐大蛇《やまたのおろち》涙目赤し

まほろばの日百襲姫《ひのももそひめ》・稚屋姫《わかやひめ》古代の呪術今は廃れり

釈尊と神尊二人教祖なりその他に日本武尊《やまとたけるのみこと》

円教の教祖となりぬ荒法師円教革命終結近し

現代の一向一揆納まらず神尊参加沈静化へと

裏千家・表千家とあるのなら横千家まであるのじゃないか?

ラブ・ホテル隣の部屋を覗き込むその同じ穴黒眼が合えり
（ガチンコ）

耳澄ます皇室の神天照斎服殿《いみはたどの》で機を織りつつ

天照大神とは皇室のシンボル神と思い為すべし

仏陀とは南無阿弥陀仏の語尾の音「陀仏」の倒語終結音ぞ

円教の最高位格　人格にありと言うべし神格・仏格・人格三者
（仏足石歌）

ぬれそぼつ陰唇線に顔ゆがめ早くおいでとペニス求めつ

角顔のでぼちん八角たこ錦汗をかきかきからだこすりつ

登記所と現場を結ぶ線上の特官調査ヤマ場に入りつ

日本の民族主義の体制を創りて耽る清談の夜
（民族主義体制）

歴史的とわの日本《にっぽん》原理主義いのち吹き込む社会と文化
（日本原理主義）

幕僚府天神軍の奥の院出動司令機が熟すのみ
（出動準備司令）

長崎の平和を祈る祈念像日本独自の立場を示す
（平和主義）

家族制三親等の血族の範囲に限れ相互扶助義務
（中家族制）

愛のない性の行為の只ならぬ冷血セックス汁の出し入れ

情愛のやり取りに見る交歓の形式主義も冷温示す

エロビデオ人間心理伝え得ずまるで水道ポンプのごとし

ロボットの機械行為の義理姦はいたぶるだけかドローン付きか

早春の朝日を受けて桜花そよ風の下伸びやかに咲く

満月は何を意味するエロビデオ満々と照る夜の静けさ

降りそそぐ満月受けて全裸なる二人の肢体こうこうと浮く

限りなく芸術求めエロビデオ原価倒れを防ぎ切るまい

快晴の朝日を受けて奈良市街ほほえむ朝になりにけるかも

プーチンのロシアの軍靴国連の批判も何も蹴倒しにけり

体制のゴルバチョフ制・プーチン制いずれも同じ独裁の型

浮御堂堅田の沖にたたずめば夕の落雁急落見ゆる

今日は妻「私のからだ　見たいでしょ」言いつつそばへ乱れ寄りつく

切れ込みが赤く左右に開く時女の性《さが》も乱れ咲くなり

宇宙にて地球の隣《とな》り金星も美女の多きはエデンの園か？

東大の廃校令は実際か静かに予算幕を閉じ行く

木陰ではヒト科のオスのまぐわいの性の営み愛の交わり

珍念

頑固一徹創世主
解放階級労働主
労働個人現出姿
創造新鮮生活主
（七言絶句）

ロシア軍他国に向かい人道と平和の道を踏みはずすなり

お釈迦さんあんたはまことしゃれ上手神とはまさに無しということ
（状態神）

核はさみ敵と味方が入り乱れ地球決戦もつれたりける

京大の憲法学は佐藤説・大石説に分かれたるとぞ

イタリアのファシスト党は降伏後一体何をどうしていたか

大阪のイカ・タコ文化のタコ焼きの甘辛の味忘れられ得ず

春深し見ざる言わざる聞かざるの愚民政策日本は避けよ

エネルギー生産業に名案が！　円運動の永久持続

一次元積分数値は点の位置点列関数数の列かな

運動の軌跡は常に直線か？　円運動は円周ならむ

生きものはガキこそものの上手なれかわいさ過ぎてやんちゃになるな
（幼童律）

夕づく日沈むがままにつばくらめ道端低く飛び違うなり

人類は野性人から始まりて食器人（石器人・土器人など）経て文明人へ

ウクライナ戦争に際して詠める

平和的行動範囲国連の総会決議で確定すれば？

中国の経済機構改革案計画経済一端を見る

逆転や横転などの地軸変ノストラダムスの予言範囲ぞ

各土地で社会党勝つ独裁へ　甘い独裁？　つらい独裁？

惜しむべしこの夕空に我が友と心交したこのぬくもりを

ハムラビの法典にさえ記載あり同害報復無罪なりとぞ

京大の入試王者の地位不動他を引き離しテープ・カットへ

マルクスの魔法解けたか革命後革命前との変化のほどは？

何よりも自社労働者資本家の総株数の増加を願う
（自己株式の増加）

人気度が文理系とも落ち込みし苦境の東大只の東大

あの時の日大闘争思い出す庶民のための大学紛争

神霊が王将ならば神格は金将・銀将二つの格か

戦前の元老格の手を借りて統治経験生かす手なきか

世の中が電子の世なら当然に動かす人も電子人間

防人の行くべき土地の奥深き地域をいかに五王の目には

相別る千本あるという風の親風子風風の子たちと

α線β線にγ線三線混ぜて無毒和音か

武家娘作法に示す上流の折り目正しき家柄の跡

天守閣物見やぐらとなりぬべき我らが城主我らの殿の

道元の意志の一徹見る思い杉の大木空《くう》を貫く

上代の神祇政治に重なるか連続するか卑弥呼の国は

上古には耕作民を天皇家大御宝《おおみたから》と表現し給う

上古なる崇神大王国制の税制・軍政定め給いき

大人《たいにん》と下戸《げこ》に分かれる邪馬台の事実伝える魏志倭人伝

革命は必須のものと思えずに立法作業続けてぞ行く

魏の使節卑弥呼の国に立ちし時大人・下戸の格差ありしか

メフィストもうっとりなりぬ天の地のモーツァルトの調べに乗せて

経済について、三首

高級な価値感情に支えられ物の値段は浮き沈みする

「品質は価格に先立つ」経済の本格的な原点ここに

価格派と所得派とあり経済は当然残る我が党派性

（民主社会主義）

プシコーゼ対立激し学理上病理学派と心理学派の

コロナ禍も太陽系の木星の大赤斑のうず巻き大風

野見山と対戦決まる力士方蹶速岳《くえはやだけ》と力の一戦

毛利軍幕末のみか転期にはいつも現る雄藩なるか

天皇家実権派ではなけれども奪権派でもなきが宜しも

ひからびた法解釈のなれの果て温度も情も消え失せにけり

権限と権利の違い条文上利益の有無にあると言うべし

春の日の湖面の波の水ぬるむのたりくたりと波打ちつつも

今日の我が行動予定克明にすべて記入がなされていたら

大将も「今日は疲れた　げんなりや」「何やあんたは。情けない　あほ」

過去の例思考衰弱伴いて性の紊乱先ず起こり来ぬ

特定人特定物のフェティシズムストーカー行為目に余るほど

太平の宇宙一気に生まれしか太平洋の水（H_2O）いずこから

叔母上の笑う門には福来たる母の背負いしその叔母上が

あすなろの物語にも秘められたソロー・ブルーの西域の色

釈迦如来般若心経説きし時菩薩が一人台座に浮きし

釈迦如来般若の知恵を行ぜしに眼は閉じ居ても眼識生けり

意識とは気になることの迷妄苦暇もなしに我襲い来る

マナ識の自己の意識も断ち切れば透明識が開けて来らむ

マナ識に入ればすぐに試練あり道祖神立つ別れの小道

世の中の善男善女行く道をみんなと共に心して行け

昔から旅は道連れ世はなさけ人生街道胸張りて行け

ゆめ行くな人生大道曲がる道道祖神立つ天神小門

死の駅を出立すれば阿頼耶識《アーラヤしき》宇宙に延びる銀河鉄道

冥土とは冥王星と土星なり光届かぬ暗闇の星

イスラムのアラーと主とは同神が名前が違うただそれだけか？

キリストとマホメットとは救世主いずれにしても日本人には

モーゼとふ神の代理がいたりけり十戒受ける神の文字板

ブータンのポタラ宮殿仏教の最高峰と目すべきかは

道場は延暦寺これ教義には高野山これ密教二つ

民尊もあるいは可能民のものこの円教も庶民らのため

人生の大道を得し観世音物は空なり空は物なり

大欲も無欲に似たり物質の原子も核を抜けば空なり

一段と科学の時代進みけり「知る」時代から「創る」時代へ

刑事の目捜査のカンが働きて心とともに流れて行きつ

無とは何？「ある次元では無」にありて無心に努めるそれを言うなり

アタマ鳴る「キンコンカンコン」空冴えて頭の中に雲一つなし

「気働き」この商品は「空気」なり買ったらお客お金を払う

現実の生産過程材料の変成過程と言うべきもあり

会社での一貫過程材料に商品デビューを果たさせるため
内心の自分心理に星の川流れて流す過去のあやまち
仏教の唯識論に魅せられて心理過程が見易くなりぬ

過ぎて行く青春の日々多感なる悩みの季節涙の季節

満州は飛び地領土かその頃の国際社会いかに言いしか

世の中は平均人の集まりという公理には抗いがたし

公共の福祉違反の行為とは公衆道徳守らぬ行為
隣人愛法律制度で表せば公衆道徳守れということ
隣人の相互道徳これこそが『論語』の語る矩と言うべし

マルクスが使った論理いつまでも使わなければならないものか

待望の改憲議会近づきぬ国民憲法さらに親しく

西方の死海文書が予告する「ノストラダムスの地球決戦」

文学は村上春樹ノーベル賞そのファンタジー乗せて行けそう

商品の記述を変えよ資本論貨幣起点の論理の型へ

生産は材料仕入まずはカネ資本増殖順調に行け

マルクスを育んだ土地欧州のドイツ経済噂に聞かず

やっと今自分の立場建て終えり地球人らの哲学工房

ひょっとして創造主とはイスラムのアッラー神と同一なるか？

遂に来た　創造主＝アッラー神　神々の首長大日方《おびなた》の神

まほろばの日の天照大神統一宇宙大日方の神

大日方は東に昇り地を照らししばしの後に浄土に沈む

日の沈む西方浄土日本の西の方より夜の更け行く

釈迦　イエス　ムハンマッドと　相続く救世天使　地に降り立てり

大日方の日方の線は直ならず首長になりて大神となる

『天曲』は大曲なるかイタリアのダンテに見るは神曲なるか？

世の中に只の秀才数《かず》多し真の天才どこに混じるか

「卑弥弓呼」に対する「卑弥呼」日本の占星術師戦士にあらず

漢の倭の奴婢と関係ありたるや「奴の国」奴、婢と切り離し得ず

自分宛道徳律を垣間《かいま》見る思いをさせる貴族の館

（西欧の宮殿建築）

「漢の倭の奴国」の金印ローマ史のスパルタクスと同じ身分か

日本に奴婢王朝を成り立たす条件あればまさにその例

鎌倉の地頭はまさに後世の奴国主とでも言うべかりける

キューピッド主神・大神たしなめて笑いを誘う初夏の頃かな

ドル漬けになるほどドルが流通か？　ドルを手放す用意は今だ

体論の序曲と見れば環論や群論さえも数学序論

水神の罔象《みつは》の持てるみずがめを真下に見ては田鶴鳴き渡る

学問の自由、二首

学問という精神の活動が全保障なる二十三条

学問の場の限定は規定せず個人の尊位ここに極まる

一生の始まりいずこ人間の存在価値は個人に帰する

人里の足音も消え日も暮れて遠くに月がおぼろに煙る

雲流れ雨も上がりぬ明日香村風梳き通る薄き青空

孫文は皇帝制を倒しけり清朝ためにとどめ打たれぬ

憲法の人権保障平和保障ほぼ定まりぬ統治体制

制度的 for the people の社会主義隣人愛の難しさかな

法の保護介入義務を誘い出す福祉の国は必然なるか

日本もその一員の地球史を閉じる権利は創造主のみ

天皇は国家公務員代表職一般・特別いずれでもなく

曙は横に張りたる綱越えて日本のひがし海の彼方に

原人も歴史作りし天体の明石子午線太陽いずこ

新党を結成すべし今の時期名前は日本民主同盟

新党の日本住民民主主義居住地ごとの自由王国

地上権抵当入りで元手得て事業に生かせ相隣関係

哲学者その作業場は教授室言い得て妙は哲学工房

日本の天皇職は名誉職特に言うべき権限はなし

日本が生まれて死んで果てるまですべてを記《しる》す経年記あれ

宇宙とはうずを巻きつつ円環を進む姿が本来ならむ
（ねじれ環論）

時間なき因果系列連鎖史を成しつつ社会進み行くなり
（社会発展の形）

地上史を描くとすれば星座まで視野を広げて考察すべし

臣民と国民を経て住民へ その民主主義今や開かむ

新党の日本民主同盟は住民本位政治を軸に

条例を身近なものに議員選光輝け滋賀民主主義

新党の行動規律党員の工夫《くふう》一徹民主同盟

滋賀経済について、二首

メーカーのトヨタと結べ滋賀の夢カンバン方式名古屋とともに

目を付けよ金融業の大阪に滋賀の経済両目を開き

信長の滋賀の安土の城跡に歴史を秘めて雨白く降る

美しや身を休めれば美しや星の輝く指宿の浜

神経は二河白道の仏心の通る背筋の一本の道

権力を固めてみろよ創造主庶民幕府の栄華求めて

社会史の起点はどこか恐竜の時代観から説き明かさねば

芸術の余韻文化の奥深し宇宙を変えたスメラミクニは

物質の基本単位は分子数何モル酸素からだに良いか

プロトンと電子の数と中性子三等価数原子の炎

中性子連続過程円ならば製作原価安くはないか

原子核乗数・iと見定めりこの円運動虚数環論

汚点ありギリシア・ローマの民主主義あの学問の成り立つ土台

国政の不関与義務があるがため国民主権完全である
（憲法第四条）

内閣に物申すとき天皇は太政大臣派出できれば

幕府成す陸・海・空の自衛官総括司令将軍とせよ
（将軍制）

神武帝火火出見名もありし由拝火神道ありうべきかな

内閣は集団指導体制か共産党と同じ謂かな

空白の刑法条文懸案の大量殺人定むべきなり

経営はケチこそ物の上手なれ人の必要需要に化ける

アメリカの主の機械には弱点も長所もありぬポイントの個所

一礼に始まり礼で終わるもの宣戦布告も武術のごとし

日本の村上春樹もう少しノーベル賞に手が届くには

世は情け女と男人と人離合集散繰り返し行く

結局は同じに帰する数学の円順列の表裏の二相

日本の自由と平和お互いの隣人愛を育てつるかな

まほろばの魔を捕虜にする神道の当時の形鬼道とふなり

神道の伝統四派

自然神道
国家神道
拝火神道
占星神道＝鬼道

アメリカの共和党派のリパブリカン州の配分決めたに止まる

アメリカの民主党派のデモクラット中央・地方を支え続けり

右大臣系統大名郷土調左大臣には計画経済

身もだえて体くねらす女からたまらず秘水飛び散りにけり

半月の懸かりしタージ・マハールの姫と若との秘めごとのこと

実行か？　担保に供す抵当権電力会社の社債のための

民法の八十八条改正し資本果実と労働果実に

我々の教会系のキリストはイメージ的に慎しみ深く

レズビアン女の野性むき出しの快楽責めに愛の激しき

ガロアへの反論涼しそよ風の吹き通るべきスマートさなり

地に落ちし公衆道徳復活へ革命の余波良い方へ向け

壇ノ浦平家滅びし渦潮に耳なし芳一手足も踊る

キリストとヴィーナスの神間《あいだ》にはキューピッドが居りくつろぎの瞬間《とき》

山上に訓示を垂れるキリストの後光に清水《しみず》きらぎらしき音
（ヨハネによるバプテスマ）

性魔女の大淫婦まで引き連れて創造魔主は立ち去りにけり

歌柄の大きい歌がとても好き彼女は言った胸さすりつつ

生活苦銀河ににじむフルートの後《うしろ》に続く白銀《しろがね》の音

崩折れた自由・平等立て直す一つのカギか隣人愛は

民主党共和党よりオープンな隣人政策いつも打つ党
（アメリカ政治史）

いつ見ても人眠らせるエロ動画相も変わらず抜き差し運動

広大なアメリカ市場エロ・フィルム品質の面かなり差違あり

天空の銀河皇帝銀将の姿となりて地に降り立ちぬ

学校の学芸会の思い出は若様役を演じたること

皇帝の怒りを買いて金《かね》払う買った怒りを何にするのか

刑法の行為論とは容疑者を結果無価値に近づけること

銭形の親分形にロボットを創りて銭を投げ付けさせる
（銭形実験）

情愛に併せて性愛伴わせ普通はセックス成り立つものを
（セックスの形骸化＝空虚リビドーあるいは空集合）

ＣＤの「聖母《マドンナ》たちのララバイ」に聴き入る我も労働者かも

お互いの支え合いなり人生は共演しつつ前へ進もう

研究について詠める、五首

大思想生み出す元は多大なる研究活動生産過程

哲学の最終結果味付けがなされてなくば只坊主味《あじ》
研究の価値が増すのは大学の哲学工房限りなるかは
対象の研究価値が高いとは増価の値《ね》増《ま》し大ということ

研究の自由はいつも精神の自主的発露ありて然《しか》言ふ

広大な夜空に浮かぶ宇宙とはプラス・マイナス無限の世界

空なりて−0と+0ミクロのごとき心の世界

広き世と深き心を併せれば現実世界さらに奥へと
（奥山の猫又）

仏足石歌

プラス無限
マイナス零と
掛け合わせ
相乗平均（＝掛けて2で割る）
取ればマイナス
零になるらん
（マイナス無限とプラス零の間でも同じ結果になる。その結果、±0の二数間の大小差がなくなり、［0］から［0］へスムーズに数が移動する状態になる。スキマがなくなったおかげで、数の配列が連続的なものに整地されるのである）

経済も農業以外と農業と分けて自由化すべくもあるか
実益かイデオロギーか経済の政策基準いずこに置くか
損してもイデオロギーを取る阿呆会社任せりゃ破産の道へ

搾取とは刑法的に何罪か横領罪か窃盗罪か

マルクスの搾取理論に無理のあり搾取と犯罪直結するか

経済の剰余総価値分配に不正あっても耐えろと言うか

日本には一君ありて臣下あり崇神思想に変化はあらず
(一君万民思想)

日本の大物主に歩を合わせ大主《おおぬし》の神個に宿るとは
(大主の神=個人の神霊)

物質はとどのつまりは条件論　衣・食・住の充足具合

憲法の二十五条の文言《もんごん》は「最低限度」を「普通程度」に

アメリカのキリスト教に隣人愛一体どこにあると言うのか

キリストの自己犠牲欲摂政の聖徳太子と本質同じ

悪事にはその裏付けをする役の悪人たちが屯《たむろ》するなり

蛭児《ひるこ》とは医者の居ぬ代の第一子流産多し水田耕作

方丈に秋の木枯らし小夜更けて外の戸板の打ちつける音

貪欲に自由の受益吸い尽くす合衆国の裏面の歴史

平和主義平和を事とする制度国際手段となりて久しき

二句・三句短歌の意味を固定する人文法則意義出す語句団

人文の法則を成す動線に自然・社会の定線ありき

自然・社会一平面に二垂線（X軸とY軸）三垂線は一点に帰す

たきぎ能神宮内の人混みを星影照らすかがり火ゆれて

ぬばたまの夜も更け行きて静まりて「ご機嫌いかが　我がへびの君」

円教の本尊如来これからは大日如来そのように呼べ

自身仏化身仏とが会話せり「私は如来　如来の化身　大日如来」

（仏足石歌）

黒人にキリスト教徒聞かずして白人のみが布教に熱す

東欧の日影のごときウクライナ地球追放　そういう意味か

目の前にむしょうに欲しい風呂上がり「しゃぶり倒すぞ夫の逆棒《さかぼう》!!」

朝方の求愛行為胃に滲みる隣人愛と白黒の縞

朝寒しきねやの仕事「きつつき」のかじかんだ手も震えがちなり

濃き花の奈良の都の西大寺茶道の緑静まりにけり

何もなしお茶の外には何もなし一つの宇宙成就されたり

星雲に固体が生じ雨が降る日本神話に創造主なし

原罪のあるかなきかで見分ければ日本神話に原罪はなし

マルクスの経済神話は根拠あり日本国でも受容されたり

マルクスの経済学説政治でも経済面で役に立つらし

原罪の科罰意識が仇をなすこの宗教を如何とすらん

四世紀仁徳時代本当にゲルマン人の移動ありしか？

戦争の当事国には数か国何べんやっても懲りない面々

領海を犯さむとする敵国は勧告すべし海自発動

原罪や搾取者などと身勝手に決めつけ人を不利に立たせる
（ベニスの商人）

「地球史は　七曜制で始まった」ゲルマン民族　確かにそうか？

欧米の神とは一体何者か地球改造それも可能か？

お膳立て仕組んだ者はどこにいる？　最後になれば同じ手口に

「そのように聞こえただけよ通夜《つや》だから」　しゃべりはしない口なき死人

円教の布教領域いかほどか円教区域序々に広がる

洒脱さが軽みの世界作り出す元々浮世絵画の世界

隣国の朝鮮民族北南《きたみなみ》二国時代はいつまで続く

現在の二国時代の朝鮮を脱却するに「民族会議」

マルクスの丸写しなどお断り学生身分昔の話

乱雑な市場文化の異常には消費者庁を活用すべし

繰り返し「地獄、極楽、楽地獄」地球の底の音響くあり

応神に合わせて我も神陀和気《しんだわけ》名乗りても良し天の許可あり

天台の麓にありて真言を唱えし我も解脱を成せり

神陀和気すなわち崇神ここへ来て後神武帝を名乗るべきなり

密教の生を生きよと真言の籠もりし響き雲伝い来る

将来を予測しつつの後神武帝特別天皇将軍職も

堕ちて行け楽に慣れたる楽地獄復帰も難くただ堕ちて行け
（退化論）

マルクスの実益のなき学説に躍起となれるその阿呆らしさ

原罪の中味も何も明かさずに罪人なりと決めつける奴

マルクスのタンクローリー回転を始めし中の液化ガソリン

ペルシャ人宗教支配者ホメイニの厄気ただようこのヤマト国

奔る馬!!　暁の寺　春の雪　三島由紀夫に　天人五衰

北朝鮮問題を詠う、　四首

半島は昔三国今二国 国数だけの課題と思え

半島の全域一挙連邦の統治権下に置くのがベター

鮮州と韓州如何？　日本に本州・九州二つあるごと
（朝鮮連邦案）

日本の夕日を賞でて朝鮮の朝陽を褒める楽しからずや

釈尊といえど学校優良児子供のときはただそんなもの

あちこちで歓声挙がる夜の二時今始まれり救世主朝

垂れ衣が涼しく揺れる市女笠ふと不吉感背を駆け抜ける

周辺が崩れ落ちらむ深みどり月下のどくろ鈍く輝く

革命後全面開花遂げるめり経済条件整い初むる

普通なら裸体が普通衣服など不粋で邪魔な仕立てに過ぎず

創造主その創造主だれなのか？　終わりなきかな無限手続

人類は創造された最初から労働義務者原罪のゆえ

社会主義マルクス主義によらずとも思い通りのものが建ちつつ

ソーセージ側鎖のごとく社会主義並ばなくとも独自のものを

千一夜物語読みふと思う床《ゆか》からボッと出てきはせぬか？

アフリカの人たちは皆何をどう思い巡《めぐ》らす習性なのか？

「社会人」普通そう言う日本では年収なしは半人前とも

アフリカの民族主義史軸にして南洋史などまとめてみよう

日本の国のきずなは立派なる横に綱張る一つのいのち

経済はモノの流れと反対のカネの流れも事態ゆるがす

皇帝位語感も語義も文句なし　今皆に告ぐ「主君はわしぞ」

説教にまさにそうだと凡人が金の教えに頭を垂れる

上賀茂の流れのごとし職人の工程ごとの手際の良さは

安ければ仕上がり悪しエロ・ビデオここにも円の値打ちあるらし

急がしく立ち回りても利益率あまり上がらず肩落とすなり

全裸にて雑巾がけをするシーンいつものごとし居眠り始む

今回の騒動事に破防法一度も出番なしと言うべき

終戦直後のある海岸を思って、二首

さわさわと静かに立てり海の音平安の代は遂に来たりぬ

風紋にそよ風が吹き人々の心の内もはずみ始めり

世の中におまかせアホウ多くなり責任逃れひどくなりたり

原罪の烙印押しの失敗か時には気品ゆらめくものも

ホシヒトデ地球自転の雲の渦新たな星雲形成するか?

星雲の代わりに戦雲立ち込めぬ天文学の関わらぬこと

自由主義とは、二首

自由主義　自律主義とは解せぬか　公共の自制必要ならむ

自由主義　相互の自由―相互保障　可能にするも「公共の福祉」

受験期に試験地獄を出ただけのポッと出社長仕事分からず

伸びたゴムダラーンと下がり締まりなし低俗文化洪水のよう

何事も法則のまま進むなら不明なこともなしになろうが

公比・i　元が四個の　ダイヤ群　永久四個で　循環を成す
（一般項$a_n = i^{n-1}$）
（実数すべて及び虚数すべての全数の平面上の位置を定めることは可能である——複素数図示可能定理）
（立体形にして方錐定理と呼ぶべきであるか?）

天津民瓊瓊杵尊《ニニギノミコト》　征矢羽羽矢《そやははや》構えて教う　我が国津民

人間の生と死と愛この世から一掃されし朝寒の中

世界大三すくみ下の大戦争今にも起きる素振りを見せて

欧州はいつものように詰め将棋隣人愛も空振りならむ

中性子陽子とともに自転する糸巻車電子をはじく

（原子核分裂）

X－Yの直行座標原点を極点と読め大赤斑は

極点は北極・南極そのほかに西極・東極　上極・下極

食堂の置き台見れば目は霞みあたりは白き薄霧かかる

内戦は国内戦でどれもかも侵略戦争成すにはあらず

内戦かそうでないかを見極める判別式までありと言いたり

侵略の内実要件挙げるなら他国《よそ》の領土を侵し食うこと
（例：割譲、租借）

水の河火の河我を取り巻きて二河白道は蛇行するかな

臨終のそこから死後に続く道天の約束花の王冠

秋来れば思い出の土地竹屋町竹取翁に身を扮しつつ

きつねつき伏見稲荷の妖魂、をねらう目付きは鋭く深し

ユダヤには神の予定地ありとかや神と民との契約ありとふ

契約をなせしユダヤの神津民原罪の罪未だ消えざる？

そう言えばやや大柄のキリストがベランダに立ち挨拶をしき

生命と同時に罪を打ち込みし神の企みとくと御覧ぜよ悪業ならずや
（仏足石歌）

罪人のくびきを負いしユダヤ人なぜそんなにも神を信ずる

キリストよヨハネを頼れバプテスマあの名なしの「主」利己主義強し

郵便はがき

料金受取人払郵便

新宿局承認

7553

差出有効期間
2024年1月
31日まで
(切手不要)

1 6 0-8 7 9 1

141

東京都新宿区新宿1－10－1

(株)文芸社

愛読者カード係 行

お名前《ふりがな》		明治 大正 昭和 平成 年生
ご住所《ふりがな》	□□□-□□□□	性別 男
お電話番号	(書籍ご注文の際に必要です)	ご職業
E-mail		
ご購読雑誌(複数可)		ご購読新聞

最近読んでおもしろかった本や今後、とりあげてほしいテーマをお教えください。

ご自分の研究成果や経験、お考え等を出版してみたいというお気持ちはありますか。

ある　ない　内容・テーマ(

現在完成した作品をお持ちですか。

ある　ない　ジャンル・原稿量(

名				
上 店	都道 府県	市区 郡	書店名	書店
			ご購入日	年　月　日

をどこでお知りになりましたか?
書店店頭　2.知人にすすめられて　3.インターネット(サイト名　)
DMハガキ　5.広告、記事を見て(新聞、雑誌名　)

質問に関連して、ご購入の決め手となったのは?
タイトル　2.著者　3.内容　4.カバーデザイン　5.帯
の他ご自由にお書きください。
(　)

についてのご意見、ご感想をお聞かせください。
容について

バー、タイトル、帯について

弊社Webサイトからもご意見、ご感想をお寄せいただけます。

ありがとうございました。
せいただいたご意見、ご感想は新聞広告等で匿名にて使わせていただくことがあります。
様の個人情報は、小社からの連絡のみに使用します。社外に提供することは一切ありません。

籍のご注文は、お近くの書店または、ブックサービス(0120-29-9625)、
ブンネットショッピング(http://7net.omni7.jp/)にお申し込み下さい。

旧約の聖書によれば原罪を飲み下すこと先決らしき難題強いる
（仏足石歌）

我が国でキリストに似しお上人親鸞なるか世評のごとく

戦争の不愉快な点挙げてみよ「殺されるかも」この疑念消せ苦労知らずよ
（仏足石歌）

滅び行く地球の上に改めて大きく咲けよ平和の蓮《はちす》しばしの別れ
（仏足石歌）

主《しゅ》と主《ぬし》と二体並べて右左出会い頭に目が会い申す保安官殿
（仏足石歌）

宇宙には液体条件さしおいて固体金剛　気体胎蔵存在するは
（仏足石歌）

ポンチ虫跳んで日に入る草むらの端の方へと場所を変えたり

昆虫の頭に宿る愛情の伝わる先は異性のバッタ

犯罪に悪意ありとは「知っていて害を及ぼす」悪質さを言う

祭りなど日本古来の文化には民衆受けのする点があり
警戒を怠る勿れ郷土愛破壊主義者の趣味的破壊
人文の伝統面は自信持て味わい深き日本精神

もし仮に第二の日本欲しければ太宰府へ行け鎌倉へ行け

日本のアメリカ化には限度あり際限のなさやや見苦しき

聖書なるノアの洪水このことか？　アメリカ文化遠慮もなしに

太宰府の留守番役の芳一ののっぺら坊主やぶへびになる

生と死の宗教たりぬ仏教は原罪などは関心の外

善悪の審判などは聖書教我が東洋に関係はなし

メ・ライオン　居場所を探す　オ・ライオン「どこに休める」鼻動めかし
（百獣の王）

運命の子連れ狼天上の銀河の沿道足取り重く

仏法の悟りの道を行く人の寂しさに似た悟道愛かな

彗星が残して去れる光芒の音なき跡は墨匂うよう

近年のアラブ・イスラム特急便会社の行き来異常示さず

誰が何時《いつ》何度やっても同じ事必ず起こるを法則という

京大三首の歌

京大に
美学部設置
するのなら
体育美学に
芸術美学も

京大の
学部問題
打開策
理論美学が
導きの糸

京都の地
みやこ美学の
中心へ
京大雅楽
一挙に上がれ

創作も実務科学の応用と考えるべし科学ラインで

文学部理論文学専攻の彼女はどこの風となりしか？

伝統のフォームの形日常の気働きにも生かすべきでは？

もし仮に頭脳恐竜いたならばいかなる形取りにけるらむ

世の中よ理屈だらけの議論より涼しく話せ風通し良く

和太鼓に県ふるさとの活力のたぎり立つ見るその乱れ打ち

死を賭した武者文化こそ我が極意死んだつもりになって行え
（決死隊）

一生を棒に振りしか空蟬のこの世の政治任されしより

帰り道足音宇宙に飛び散りて浮かびて昇る雲の階段

あの頃の口癖なりき「人死ねば後《あと》に残るは物理の合計」

いつ頃のサマルカンドか二人して腰で腕組むステップ・ダンス

「武には武」は「なるべく避けよ」指示をする崇神朝廷急なる動き

現代の世界の雄武米・中・ロ　チャンピオン・シップどこが握らむ

永遠の時間の海にたゆたいて宇宙の波を蹴立てて行くも

すめろぎの統治の基本カリスマのよろいの中にありと言うべし

沖縄の慶良間諸島の上空を飛びつ望みつサンゴの朱色

同類のグループごとのイデオロギードミソ系統ドファラ系統

鬼走る東北よりの細い道地図の西南薩摩地方へ

自由権乱用すれば許されずその枠組みは道徳律で
たとえれば寸評短歌的確な評語を使う吹き矢のごとく
哀れにも消えてしまいぬ大伽藍太子住みにし虚妄の世界

漫才師の気持ちを歌った労働歌

掛け言葉語呂付き合わせ漫才師「駄洒落作りに励む我かな」

安土より柳生の里へ急ぐ日に忍者屋敷に雨落ちる音

科学とは数理を使う物質の理科概論と心得るべし

マルクスの『資本論』とは縁切れに革命以後に社会変われば

竹笹を透かして望む向こう岸古城たたずむ月を浴びつつ

感情が結ぼれるこそ要《かなめ》なれ機械の理性冷たかりけり

さあ行こう広く大きい花背から祇園祭もまだ日が浅し

ふと思う光が生じ世が白む？　二十四時間暗き中にて

外交の相手をどこに決めようと世界通貨のユーロ捨てるな

思わずも涙流しぬ下り松演歌の「酒よ」聴き惚れながら

物事の特殊相から「種類」経て一般相へニトロ・グリセリン
（化学式C_3H_5（ONO_2）$_3$）

京丹後梅雨の晴れ間に我が漕げばケンサキイカの抜ける白さよ

ぬばたまの夜空を飾る天の川個性の光星座の名前

テレビつけニュースを見れば苦々し最近目立つ暴力沙汰には

チャンバラのテレビの後《あと》に一人いてしげしげと見る骨格図鑑

自衛隊その名前には存在の法的根拠読み取れるかも

この自分続けて生きる絶対の維持費に等し多少の経費

自殺には沖縄からか？　突然の戦争間近刻々迫る

戦争になればなったで収拾は米政治家に任せっぱなしか？

地の獄と天の国との間には煉獄ありとダンテの言いき
（『神曲』）

天に浮く天使・天女と白鳩が平和来たると天王《てんおう》に告ぐ

人間の理想の社会イデア論説きしプラトン理想愛かな

人は皆
三種の人型
いずれかに
知能・情感・
意欲の指数

ドローン飛ぶ
人の世遂に
失いし
自由は戻る
気配すらなし

人族《ひと》に
何か憾《うら》みか
神族《かみ》よ
なぜ人族を
試練にさらす

人族の
内に神族
籠もるらし
互いに危害
及ぼさずして

千里眼・霊感なりと言い得ても超能力は天分のもの

超心理扱い得ても科学的裏付けのなき単なる想像

民主制日本国の代表者総統制がやはり適切

無理効かぬ老体なりて三度目の次の職場は一般企業

間が抜けた対応としか思えない外交ベタの政治これほど

条約を解消するも米軍の存在いかに解決するか？

ポテンシャル・エネルギーとは物質の維持力という基本料金

リビドーと勿体ぶった言い方も所詮はただの気取りに過ぎず

エーテルとリビドーたると使いしもエネルギー源貯留せしもの

自衛力基本装備の守備範囲これで限度を区切るが最上

憲法は本質的な規定置け！　数《かず》の問題＝程度問題

労働の功労賞こそ必要な恩賞なりと断ずる次第

頼朝も労に報いる守護・地頭みごとに並べ幕府に至る

今回は民爵制とあと何か兵役免除特権制は？

労働者生活苦など論外に査定権持つ労働政府を！
（労政査定権の新設）

革命を導く糸は道徳律私欲滅ぼす公衆版の
（公衆道徳律）

赤誠を労働政府にそそぎ込め福祉行政実現のため！

哲学者カントのように我がこころ道徳律を求めて止まぬ

正規兵以外のゲリラ民兵団「代将」責任適切ならむ

近衛兵「近将団」が統轄し而して基地に属すとすべし

共産主義経済思想はエンゲルス理論の大岩やはりマルクス

政治をも視野の内部に入れるなら「立憲社会」最上なるか

まほらまの崇神大王ハツクニヲシラセシ年は我が五十一
（古代次元）

経済の活動単位基礎に置く住民主義が新たな視点か

要するにコンビナートを中心に「郷土社会」を造り出すこと

凍てついた経済溶かす特効薬住民経済テコ入れ策は？

海面に浮かびて空を眺むれば雅楽の調べなつかしきかな

哀しくも父の誤解にからまれてヤマト・タケル（日本武尊）は白鳥の歌

経済に産業連関分析を行列式で実施し進む

レオンチェフ産業連関分析に行列力学試みてみむ

月影の光線射してアリの巣の饗宴哀しボタ山のよう

筑波嶺のポンポン山のふもとでは鉦や太鼓が鳴り渡りつる

日本に平家没官領ありきあるいはそれか不可解な説

鉄剣に替えて形勢逆転か出雲銅剣古代祭場

前方部棺《ひつぎ》を置きて後円部参列者据え生死の別れ
（前方後円墳の成り立ち）

エロ資本一本につき利益金何ぼになるか得体も知れず

エロ資本経営状況順調か一本売れて赤字の出ぬよう

イタリアのグラムシ当時そこそこの人気を誇り一つの党派を

北一輝その改革路線独裁に鉄の天井龍眼ありき

欧米の心の拠点法王庁ジイドの作は何を示唆する？

日本人どの神々を崇《あが》めるかそれは各人各様と知れ

宗教も思想も何も違いなしどの宗教も自由なりけり

改めるべきは次々手を打ちぬ住民主権労働政府

国権の最高機関国会の参議院にも改革のメス

参議院選出基盤地域割地方自治との連係性を

会社法自己株式に二種ありぬ会社所有と労組所有と

戦争も今から見れば簡素かな古代戦術戦闘方法

激戦に涙を流し別れ告ぐ兵士もありき女性なりしか

初期条件戦略微分方程式解き方を決め戦略を知る

江戸城を囮に使う戦略もやむを得ざるか図上演習

関西の神戸方面司令官陸上戦隊大阪に入る

戦術史国内戦は豊富なり地の利も多し日本の国土

子午線に明石原人横たわるこの図は単に地理的なもの

革命の極みに至り民衆の「自由!」と叫ぶあこがれの声!

革命の極みは極値自由の値《ね》極小―極大　極大―極小

立ち上る幻像強くゆらゆらと七月初旬猛暑続けり

一年も雨季が続けば旧約に書かれるごとくノアもありけむ

日本の卑弥呼のごとく大祭司あるいは人をリードしたかも

コロナ禍も自然災害現象か地球の気象変化激しき

異常時の災害臨時救助法企業手順の規定は必須

あの党はいつも何にもしない主義企業統治も無策であろう

「へび」「かえる」「なめくじ」三者苦しめり九語の語数不吉な数か
（ピタゴラス教団）

富士山の倒立画像二三四まっすぐ立てば三三九度か
（数字の茶化し）

三相はいずれが出ても数列か群環体の積分立体

定石は科学法則ならずとも心理法則踏まえてはいる

村里に赤きトンボも群れ飛びてすっかりあたり秋めきにけり

学生に特に多きは昔から循環論法＝無限時間法

日本的感情論の延長はいつも決まってひねりわざなり
（ジェラシー）

しなやかな経済企画体質を！　有効需要各口《くち》ごとに

ああせよと言われて動く学生の受験勉強専門家筋

日本の受験勉強専門家今日も一途に指先訓練

受験屋のデータによれば名古屋圏目が関西に寄っていたりぬ
（トヨタの本拠地）

旋頭歌、十六首

春になり　あけぼの明《あか》し　空も明かるし
秋なれば　夕暮れ寂し　つるべ落としに

夏は夜　源氏ボタルが　飛び交い来たり
冬は風　木枯らしに吹く　空蟬《うつせみ》残し

相競う　源氏と平氏　福原遷都
清盛の　願いも空《むな》し　海の藻くずへ

春の風　琵琶湖のうみを　ゆーらりゆらり
鳰の海　夕焼けの波　ぷーかりぷかり

雪清く　比叡のお山　降り積もりたる
浜洗う　坂本の里　人の居ぬごと

月照らす　波ゆらゆらと　影映すべく
龍神の　鈍くも光る　邪険払いぬ

あの空を　飛んで行こうか　峰山越えて
あの海を　越えれば日本　自由の国よ

夏の夜　蛍の房の　電子に近く
「下知を得て　聖徳幕府　大将軍の」

エジプトの　空をいろどる　星座の光
人々は　なぜ昔から　戦いたがる

東海の　大草原の　向こうの地から
昂然の　気が流れ入る　昴《すばる》を見れば

そよ風の　波間に浮かぶ　笹の葉揺れて
晴れた空　塩辛トンボ　スイスイ飛べり

竹筒も　真ん中あたり　スッポスポ抜け
反対に　視野を閉じれば　目も当てられん

「日光は　光と熱の　複合体さ」
「太陽は　円運動の　塊なのよ」

世の中の　生産過程　複雑化せり
世の中の　流通過程　高度になりて

労働の　総合過程　望み見るのは
ふるさとを　遠くにありて　恋うるに似たり

世の中の　生産過程　動く間《あいだ》も
世の中の　流通過程　進行しつつ

剣術の太刀筋いかに見破るか柳生宗矩一つの答え

五輪書の剣道場の師南番二天一流宮本武蔵

保安官気取る米人のけぞりて正義漢ぶるその単純さ

黄だいだい菜の花の位置深まりて空気の穴に入り込むかな

三室戸寺　宇治の手前の　あじさいの　寺にみとめて　時を失う

$E=mc^2$の算式のEのエネルギー円運動も
（原子時計？　――運動エネルギー）

原子時計体内時計と呼応して相対性の論理となるか？
（体因論）

アメリカは神の国とは言い難し科学の国と言い得《え》はしても

神刀は幅太なるかふと思い神剣脇に置いてみるなり
（銅剣と鉄剣の差）

銅剣のとりあえず剣通り越し鉄剣時代殺人剣へ

小銃をもし連銃に代えたなら連射銃にも早替わりする

多方向速射銃とは同時なら盲銃なり武器哲学上

武器理念入試以前のレベルなら偵察兵にふさわしきかな

戦車にはそれにピタリの武器理念武器哲学は組み合わせなり

（東京防大）

海の青浜の松原揺れ動き地震を予告？　海まで荒れて

セックスは観念論では仕方なし肉体論で語り合わねば

個人主義本来の意味ねじ曲げた婦人主義的こじつけは無理
（無理筋の論理）

天皇は日本国の事務総長　日本代表単独機関

梅雨時の老人ホーム湿気づく廊下階段じめじめじめと

米国と老年福祉の取り合わせ妙な感じがつきまとうはず

大日孁鞭《おおひるめ》を構えて仁王立ちM男笑いつ逃げまどいつつ

日本の貴族社会は過去のもの遠くに望みあこがれるだけ

人間は霞を食っては生きられぬ唯物論は頂門にある一針なりき
（仏足石歌）

フランスの貴族社会も過去のことアメリカ洪水皆押し流す

月明かり
月の晩
寂光浄土を　照らしつつ
釈迦牟尼仏は　法身に
伝教大師
弘法大師
（長歌）

善悪の
大審判の
聖書とは
仏教教派
係わり持たぬ
生死なりせば
（仏足石歌）

死生観考える時キリスト教関係はなし原罪説も
（短歌）

受験期の流れ作業の勉強家今日も無理やり暗記に暗記

時が経ちフタをあければ結果点六割五分が入試ラインか

模試の点常に七割越えるなら寝てても東大合格となる

いつにても涙がじわり滲《にじ》み出す宇宙のいのち悲の器なり

「序の舞」の舞い扇の線意志《いし》力《ぢから》後首《うしろくび》にも現れにけり

雪舟の水墨画こそ「風雪」をそのまま示す空気の濃淡

浮世絵の「見返り美人図」婦人主義イデオロギーの美術表現

禅宗の達磨大師の絵の中に「色即是空」如実に画けり

（以上四首、日本画の寸評）

善人と悪人の差異別に置き存在論の話をしよう

（般若心経）

次元論について、二首

善悪の次元を別に扱えば（二行四列）次元と言えよう

存否次元「あるかないかは」別次元（二行四列）又別次元

$$\begin{matrix}善\\悪\end{matrix}\begin{pmatrix} x_1 & y_1 & z_1 & t_1 \\ x_2 & y_2 & z_2 & t_2 \end{pmatrix}$$ A次元（善悪次元）

$$\begin{matrix}存\\否\end{matrix}\begin{pmatrix} x^1 & y^1 & z^1 & t^1 \\ x^2 & y^2 & z^2 & t^2 \end{pmatrix}$$ B次元（存否次元）

（A次元・B次元）→ 一本化

（完全相対性理論）

令和四年七月八日　安倍元総理参議院選応援遊説中　奈良にて凶弾に倒れる

奈良市内
安倍元総理
倒れたり
凶弾彼の
命を奪う

（南無阿無）
（無＝色即是空
（無＝空即是色

軍隊は機械か武人軍事力武力崇拝世を苦しめる

坊君《ぼうぎみ》と奥方とには生命の見えぬ直線張られていたり

「どうせなら奥代理こそ」休む場所セックス不足癒やすためには

奥内裏抜き足差しつ鳴く鹿の声出す時ぞ胸はせつなき

幕府から権力ジャンプ受けてより国の税金国家支えり

税法の成立根拠国民の井戸端にこそありと言うべき

動物と人間たちの心理学生物心理学術化へと
日本の平山郁夫の行く道に強く渦巻く砂嵐かな
全天を統治する神真の神天一坊か雷神の子か

慈悲宇宙人間同士愛し合う博愛宇宙兼ねると思え
（慈悲宇宙人＝博愛宇宙人）

全天が雨降るごとく慈悲深し「悲愛慈博」はせつないほどに

子どもにも無理なく住める国なのかそうでないのかそこが別れ目
（子どもの領分）

物語作るに難し源氏もの優美なるかな表現面は

黒魔術白魔術とも併せればこの世の中は灰色の世か

赤魔術マルクス主義の現象を見ればその感いよよ深まる
（科学主義批判及び自己批判）

赤魔術魔術解ければ自由社会　社会を縛る「階級」きずな

星の火と命の火とは別々に生じたものと観念すべし

生霊と死霊と共に混合し
魑魅魍魎《ちみもうりょう》の動めく夜には人魂盛ん
（仏足石歌）

怨霊という二重霊生霊や死霊の中に潜み居るかも

霊魂は一旦消えて組み立てを改め直し再度現る

化野《あだしの》の念仏寺に夜行けば霊そのものに行き当たるかも

経済政策パックについて唱う、四首

凍結の経済構造動かすにどの業種から手を付けるべき？
（第一弾）

この飽和均衡状態破るにはマシーン製造業に着目すべし
（第二弾）

「市場立つ」有効需要（個人・法人）十分に機能するよう貨幣準備を
（第三弾）

イノベーションすみずみにまで行き渡れマシーンの工夫技工士《アート・テクニシャン》へ
（特別弾）

兵隊に取られた時は真っ先に慰安所へ行け昔は言へり

慰安所はこの世のあわび平和なり極楽なりと先輩の言ふ

エーゲの海ミロのビーナスボッティチェリまぶたに浮かぶギリシア神話が

同時代？　ギリシア神話の時代とは日本神話の描きし時代

中国の統一社会秦の時代倭の社会には崇神王朝
（B.C.221年頃）

ひょっとして秦の始皇帝我が国の崇神帝とも会戦せしか？

高句麗の広開土王我が国の崇神や始とも戦争せしか？
（すると、日本・中国・朝鮮の三帝会戦があったか？）
（始・好・崇　堅田会談の白日夢）

九州の大伴旅人思ほへり吉幾三の「酒よ」聞きつつ

砂漠飛ぶ魔法のじゅうたん不思議にも武将ののぼり思わせるかも

なつかしき生活の音山々へ連続的なカンナの響き

暗闇の先にダイヤを捜しつつ無限階段降りて行くかも

不可避かな地球分裂熱半球北西球と南東球に

民族に分かれて各所居住権国連機構の保障分野に！

鬼気迫る宇宙の始源脱け出して涼気漂う気流（ジェット気流）に乗れり

既にもう王星（太陽に相当）点火終結し宇宙再び涼気の中へ

エーゲ海悲劇・喜劇のギリシャより笑劇日本目ざして飛ぶも

世の中の体電流に異常なししばらくすれば涼気流れる

イスラムの水盆なるはこの意味かマホメット《ムハンマド》良しこの危機越すに

「コーランにその意味の字句あったかな」鬼子つぶやくこの月世界

「二つ半　お寺の墓地で又会おう」気絶男に言葉流れる

常になし頭頂天を小鬼たち韋駄天走り告げてくれぬか

xyz三つの相乗効果ゼロこれこそ秘訣それには如何に？

$E=mc^2$　$m=0, c=0$　残る一つは音量ゼロなり

原爆を撃つならどこか一個所で発射直後か爆撃寸前
（反撃力の理論）

地球語にエスペラント語採用をまず国連の総会決議

吉本の笑劇今は主流なり浮世を知るに及ぶものなし

かまどとは単に炊事場だけでなく古代日本の発光装置

暗闇のみとのまぐわい日々のこと秘すべき花と申すがごとし

しなやかな美女の腰付き立ち姿浮世見下すその意気や良し

懐剣を反転返し胸を突く心臓一気ぶち破るなり
（反転殺し）

ゴンドワナ・アトランティスの二大陸元々二つ地球の陸地

エロ動画威力用いて作りなば日常業務妨害罪に
（刑法第二三四条）

イジメなど威嚇を使い共犯の学校業務妨害多く

改憲の空洞結論導きし野党の目にもやがて分かろう

へび・かえる・なめくじ三者三すくみいかなる意味ですくみ合うのか

若き日は自己超克に余念なし格闘してた自己の全面

あの頃は　熱に浮かされ　サルトルかぶれ
この頃は　論にあこがれ　数学かぶれ
（旋頭歌）

資本主義　カネの金ピカ　嫌味が強し
マルクスは　独裁色目　警戒要す
（旋頭歌）

革命の　おもちゃ作りは　型次第
頭頼りも　力頼りも　今一つなり
（仏足石歌）

戦争の　勝利の秘訣　心なり
全面防戦　無欲必勝　後の先の道
（仏足石歌）

社会党

社会党
共産党に　勝りつつ
共産党に　勝りつつ
一党独裁　欲《ほ》りもせず
静かに議場　一画を
占めるに過ぎず　国会の
一部の勢力　自《みずか》らの
議席数のみ　打ち守る
議会勢力　身を律す
自己の領分　打ち守り
他の勢力と　歩を合わせ
国家審議に　参じたる

法案審議に　応じたる
その自己規律　鮮かに
作法の美学　現代の
行くべき道を
指していたりぬ
（長歌）

数列は点列的と見付けたり座標を見ればそのまま同じ
（短歌）

歌体論短歌・長歌に旋頭歌も和歌のしんがり仏足石歌

隷従

川が呼ぶ
アマゾンへ来い　アマゾンへ
鞭がしつこく　呼びつけて
無力男に　呼びかける
M男の筋《きん》は　モーリモリ
いじめられれば　喜んで
軍にもすぐに　駆けつける
リビドーなるか　欠陥は
雑衆国の　奴国《なこく》には
調教されし　犬もいる
調教されし
家畜さえいる

発進

あかねさす
ひむがしの野へ　朝雲の
自衛隊機の　自衛官
発進準備　余念なし
北西戦と　北東戦
西から東　レーダーの
0からπを　追尾せよ

守るは日本　全域と
米国本土に　通知せよ
日米安保　条約の
防衛本部に　通知せよ

事態は急ぐ　至急電
地球戦争
破滅への道
（地球に輪ができつつある時刻にて——伝助より）

直前一首の長歌に対する反歌

恐竜の時代へ回るこの地球超人下民ゆっくりと起つ
（短歌）

とっさ時の頭脳回転事決す頭の良い子福おこし食べ

文月の梅雨《つゆ》も明けにし天国の音無川《おとなしがわ》のせせらぎの音

長歌体芸術練度高めむと苦心の末にタイプ固めり

長歌には題必須なり詠むうちに主題が流れ消えて行くため

月と大地

熊野灘
海のあなたの　おぼろ月
月影長く　尾を引きて
月世界へと　続くかも
月と地球は　兄弟か
夢まぼろしの
人影もなし

ガンジー

ガンジーの
政治姿勢に　悪意なし
政治姿勢は　善意のみ
それだけでなく　害意なし
賠償額は　何もなし
刑事も民事も　いっさいの
責任負わず　潔白の
規範意識の　自己規律
道徳律の
手本なりけり

長歌

長歌には
短歌がありき　その作者
歌人と言いき　長歌には
歌人なるべき　あるはまた
詩人なるかや
結局いかにか

テレビ画面

ある夏の
真昼の正午　テレビにて
ロシア戦争　限りなく
拡大しつつ　ある由を
女性キャスター　叫びつつ
地図の紹介　力込め
戦地事情を　電子にて
知らせた次の　コーナーは
技術革命　かまびすし
集団主義よ　さようなら
戦争自体　押し流せ
熱血漢の　世紀なり

個人の工夫　生かし切れ
日本も遂に
実力主義に

情況

右腕に
民族社会主義を採り
左の腕に　温厚な
民主社会主義　従えて
右翼でもなく　中寄りの
左翼でもなく　バランスを
微妙に取りし　体制を
国家の型に　選び取り
神体なるを　現しぬ
民主主義なる　衆議院
社会主義とも　結びつき
民主社会主義　成り立ちぬ

ぬくもりのある　体制に
仕上げをせんと　民族の
家族編成　手を加え
戸籍制度に　一考を
加えて郷土　連帯性
民族国家　参議院
選挙基盤を　工夫する
プロレタリアの　主権制
住民主権　伴いて
住民票を　代えさせる
福祉社会を
待つ身の私

著者プロフィール

湯浅 洋一（ゆあさ よういち）

1948年２月４日鳥取市で生まれ、１歳の時より京都市で育つ。

京都府立桂高等学校を経て京都大学法学部卒。

卒業後、父の下で税理士を開業し、60歳で廃業するまで税法実務に専念。

のち、大津市に転居し、執筆活動に入る。

著書に、『普段着の哲学』（2019年）、『仕事着の哲学』『京神楽』（2020年）、『円葉集』『心葉集』（2021年）、『京神楽 完全版』『銀葉集』『和漢新詠集』『藤原道長』『天葉集』『文葉集』『普段着の哲学 完全版』（2022年）、『仕事着の哲学 完全版』『趣味着の哲学』『稔葉和歌集』（2023年、以上すべて文芸社）がある。

玄葉和歌集

2023年６月15日　初版第１刷発行

著　者　湯浅 洋一
発行者　瓜谷 綱延
発行所　株式会社文芸社
〒160-0022　東京都新宿区新宿１－10－１
電話　03-5369-3060（代表）
03-5369-2299（販売）

印刷所　図書印刷株式会社

ISBN978-4-286-28095-0